幼兒全語文 階梯故事 系列

U0114807

開派對

袁妙霞 著

野人 繪

園丁文化

小象請朋友到家裏來開聖誕派對。

小象說：「這是我的玩具。」

小象說：「這是我的圖書。」

小象說：「這是我的模型。」

小象說：「這是我的顏色筆。」

門開了，是聖誕老人來了嗎？

小象笑着走上前說：「這是我的爸爸。」

導讀活動

 提問

進行方法：
❶ 讀故事前，請伴讀者把故事先看一遍。
❷ 引導孩子觀察圖畫，透過提問和孩子本身的生活經驗，幫助孩子猜測故事的發展和結局。
❸ 利用重複句式的特點，引導孩子閱讀故事及猜測情節。如有需要，伴讀者可以給予協助。
❹ 最後，請孩子把故事從頭到尾讀一遍。

封面
1. 小象邀請誰來家裏開派對？
2. 你有請過朋友來家裏開派對嗎？
3. 請把書名讀一遍。

P2
1. 看看圖中的裝飾，你猜這是什麼節日呢？
2. 誰給朋友開門？這是誰的家？你猜小象邀請朋友來家裏做什麼？

P3
1. 你猜圖中的玩具是誰的？
2. 小象拿出玩具來跟朋友分享，朋友們玩得開心嗎？

P4
1. 朋友們在做什麼？你猜這些圖書是誰的？
2. 小象拿出圖書來跟朋友分享，朋友們讀得開心嗎？

P5
1. 小猴子在玩什麼？他玩得開心嗎？
2. 圖中還有什麼模型？你猜這些模型是誰的？

P6
1. 小象手裏拿着什麼？你猜他拿顏色筆出來做什麼？
2. 朋友們在畫什麼？他們畫的東西你也會畫嗎？

P7
1. 門開了，究竟是誰站在門外呢？他穿着什麼顏色的褲子？
2. 小朋友期待站在門外的是誰？

P8
1. 小朋友猜對了嗎？來的究竟是誰呢？
2. 象爸爸手裏拿着什麼？你猜這些禮物是送給誰的？

知識點

聖誕節

每年的十二月二十五日是聖誕節。聖誕節本來是基督教的節日,紀念耶穌的誕生,後來世界各地的人都一起慶祝聖誕節,它便成為一年之中十分重要的節日了。

聖誕老人

傳說中的聖誕老人,是一個穿着紅衣,留着白鬍子的慈祥老人。他乘着鹿車,背着大袋,專門給孩子送上禮物。每年的平安夜,孩子臨睡前都會在牀邊放上一隻長襪子。他們入睡後,聖誕老人就會到來,把禮物放進襪子裏。

聖誕節的事物

每年聖誕節,我們都會看到美麗的聖誕燈飾和聖誕樹。大家還會吃聖誕大餐,贈送聖誕禮物,互寄聖誕卡等。

字卡

❶ 把字卡全部排列出來，伴讀者讀出字詞，請孩子選出相應的字卡。
❷ 請孩子自行選出多張字卡，讀出字詞並口頭造句。

開派對	請	家裏
聖誕	玩具	圖書
模型	顏色筆	開門
爸爸	笑	上前

幼兒全語文階梯故事系列
第2級（初階篇）

《開派對》

©園丁文化

幼兒全語文階梯故事系列
第2級（初階篇）

《開派對》

©園丁文化

幼兒全語文階梯故事系列
第2級（初階篇）

《開派對》

©園丁文化

幼兒全語文階梯故事系列
第2級（初階篇）

《開派對》

©園丁文化

幼兒全語文階梯故事系列
第2級（初階篇）

《開派對》

©園丁文化

幼兒全語文階梯故事系列
第2級（初階篇）

《開派對》

©園丁文化

幼兒全語文階梯故事系列
第2級（初階篇）

《開派對》

©園丁文化

幼兒全語文階梯故事系列
第2級（初階篇）

《開派對》

©園丁文化

幼兒全語文階梯故事系列
第2級（初階篇）

《開派對》

©園丁文化

幼兒全語文階梯故事系列
第2級（初階篇）

《開派對》

©園丁文化

幼兒全語文階梯故事系列
第2級（初階篇）

《開派對》

©園丁文化

幼兒全語文階梯故事系列
第2級（初階篇）

《開派對》

©園丁文化